W0289383

- Die Chroniken von -

Narnia

Die Reise auf der Morgenröte

Fotos aus Narnia

Published by Verlag Carl Ueberreuter, under licence from The CS Lewis Company Ltd.

Aus dem Englischen von Gudrun Likar

www.narnia.com

ISBN: 978-3-8000-5585-2

1 3 5 7 9 10 8 6 4 2

Printed in Italy

Die Chroniken von Narnia

Die Reise auf der Morgenröte

Fotos aus Narnia

Bearbeitet von Coralie Noakes
Nach dem Drehbuch von Christopher Markus, Stephen McFeely
und Michael Petroni
Nach dem Buch von C. S. Lewis
Unter der Regie von Michael Apted

Aus dem Englischen von Gudrun Likar

Lucy und Edmund waren nach Cambridge geschickt worden, um bei ihrer Tante, ihrem Onkel und ihrem ziemlich unsympathischen Cousin Eustace zu wohnen. Ihr Vater kämpfte im Krieg und war mit ihrer Mutter und ihrer älteren Schwester Susan nach Amerika gegangen. Ihr Bruder Peter büffelte nach Kräften für seine Prüfung und konnte nicht mit Lucy und Edmund mitkommen.

Als sie sich einrichteten, entdeckten sie an der Wand ein interessantes Bild von einem Schiff. „Es wirkt sehr narnianisch“, sagte Lucy zu Edmund. „Es sieht aus, als würde sich das Wasser wirklich bewegen.“

„So ein Blödsinn!“, entgegnete Eustace, der in der Tür auftauchte. „Das kommt davon, wenn man nur Fantasiegeschichten liest.“

Plötzlich schwappte eine große Welle aus dem Bild und erfüllte das Zimmer! Das Wasser sog die drei in das Bild hinein und sie fanden sich mitten im Meer wieder. Ein Schiff kam auf sie zu und sie wurden von der Mannschaft aus dem Wasser gezogen.

Zu ihrer Verwunderung war einer von ihnen Kaspian!

„Seht unsere Schiffbrüchigen – Ihre Majestäten Edmund der Gerechte und Lucy die Tapfere, Hochkönig und Hochkönigin von Narnia“, stellte Kaspian sie Kapitän Drinian und der Mannschaft vor.

In diesem Moment wurden sie von Eustaces Kreischen unterbrochen.

„Schafft mir das Biest vom Hals!", rief er und stieß Riepischiep weg.

Lucy und Edmund waren entzückt, ihren alten Freund Riepischiep wiederzusehen, doch Eustace war nicht an große, sprechende Mäuse gewöhnt und glaubte zu träumen!

Als der Minotaurus Tavros auftauchte, verschlug es Eustace die Sprache und er wurde ohnmächtig. Also brachte man ihn weg, damit er sich eine Weile hinlegen konnte.

Kaspian erklärte ihnen, dass sie sich auf einem Schiff namens Morgenröte befanden. Er gab Lucy und Edmund ein paar Sachen aus Narnia zum Anziehen. Dann überreichte Kaspian Lucy ihren Dolch und ihren Heiltrank und gab Edmund die Taschenlampe, die dieser bei seinem letzten Besuch in Narnia versehentlich zurückgelassen hatte.

Er erzählte ihnen, wie sein Onkel Miraz, bevor er den Thron geraubt hatte, sieben Lords, die Freunde von Kaspians Vater waren, aus dem Weg räumte, indem er sie aussandte, die unbekannten Östlichen Meere jenseits der Einsamen Inseln zu erkunden. Seitdem waren die Lords nie wieder gesehen worden. Er und seine Mannschaft waren jetzt auf der Suche nach ihnen.

Lucy wollte nach Eustace sehen und erblickte einen Faun, der ihm Suppe anbot.

„Mutter? Warum riecht Mutter wie eine Ziege?“, fragte Eustace.

„Du fantasierst“, sagte Lucy lachend.

Sie goss heimlich ein wenig Heiltrank in sein Wasser, und Eustace fühlte sich langsam viel besser, was er aber natürlich nicht zugab.

Später blickte Lucy gerade auf das schimmernde Meer, als sich dort etwas bewegte. Auf einmal sprang ein wunderschöner Wassergeist aus dem Wasser! Der Geist lächelte und winkte Lucy zu, ehe er im Wind verschwand, und Lucy fragte sich, ob sie ihn überhaupt gesehen hatte.

Das Schiff erreichte die Einsamen Inseln, die auf unheimliche Weise verlassen wirkten. Kaspian, Lucy und Edmund machten sich zum Schloss auf. Dort fanden sie ein Buch mit den Namen von Dorfbewohnern, die als Sklaven verkauft worden waren.

Plötzlich tauchten Männer mit Kapuzen und Dolchen zwischen den Zähnen auf. Kaspian, Lucy und Edmund versuchten sie abzuwehren, als ein schriller Schrei ertönte. Ein riesiger Mann namens Pug hielt Eustace den Dolch an die Kehle! Kaspian, Lucy und Edmund blieb nichts anderes übrig, als ihre Schwerter fallen zu lassen. Pug gab den Befehl, Eustace und Lucy zum Markt zu bringen. Edmund und Kaspian wurden in ein Verlies gesperrt.

Am nächsten Morgen wurde ein Fuhrwerk voller Sklaven aus dem Schloss hinunter zum Kai gebracht und auf ein Schiff verladen. Das Schiff verschwand in der Ferne und wurde von der Dunkelheit verschluckt.

Kaspian und Edmund sahen von ihrem Kerkerfenster aus zu und trauten ihren Augen nicht. Ihr Mitgefangener erklärte ihnen, dass die Sklaven an die Dunkelheit verfüttert wurden, in der Hoffnung, diese fernzuhalten. Er sagte, dass er und seine Lords versucht hätten, den Ursprung der Dunkelheit zu finden, aber die anderen waren niemals zurückgekehrt. Er war der Einzige, der noch übrig war, und der Mut hatte ihn verlassen. Kaspian wurde klar, dass der Gefangene Lord Bern war, einer der telmarischen Lords.

Lucy war als Sklavin verkauft worden und als Nächstes war Eustace an der Reihe! Auf einmal traten zwei Sklavenhändler vor und zogen ihre Kapuzen zurück. Es waren Riepischiep, der auf Kapitän Drinians Schultern stand, und Tavros!

„Für Narnia!", riefen sie, stürmten vorwärts und banden Lucy, Eustace und die anderen Sklaven los.

Die Wachen, die Kaspian, Edmund und Lord Bern gerade aus ihrem Verlies führten, wurden von dem Lärm abgelenkt. Kaspian und Edmund packten die Gelegenheit beim Schopf und griffen die Wachen an. Bald darauf kamen Dorfbewohner aus einem Versteck und schlossen sich dem Kampf an. Die Sklavenhändler waren besiegt!

Lord Bern zeigte ihnen ein Schwert, das Kaspians Vater ihm gegeben hatte. Er überreichte es Kaspian und sagte ihm, es sei ein Geschenk Aslans gewesen, um Narnia zu beschützen. Zu Edmunds Freude gab Kaspian ihm das Schwert.

Das Schiff stach wieder in See. Als es Land erreichte, beschloss die Mannschaft, die Nacht am Strand zu verbringen und am nächsten Morgen die Insel zu erkunden. Alles schlief, als wie von Zauberhand Fußabdrücke im Sand auftauchten.

„Packt sie“, sagte eine Stimme. Wem auch immer sie gehörte, er hatte Lucys Buch entdeckt und begriffen, dass sie lesen konnte.

Eine unsichtbare Hand hielt Lucy den Mund zu. Erschrocken wachte sie auf und bemerkte, dass unsichtbare Hände sie in den Wald trugen.

Lucy wurde auf einem Rasen abgesetzt. Sie sprang auf und griff nach ihrem Dolch, doch irgendetwas Unsichtbares schlug ihn ihr aus der Hand. Stimmen teilten Lucy mit, sie solle das Haus betreten und den Zauberspruch aufsagen, der Unsichtbares sichtbar macht. Lucy konnte kein Haus sehen. In diesem Moment öffnete sich eine unsichtbare Tür und eine Treppe kam zum Vorschein.

Lucy trat durch die magische Tür. Sie sah in jedes Zimmer hinein, bis sie zu einem Raum voller Bücher kam und ein riesiges Zauberbuch fand. Sie entdeckte einen Schönheitszauber und konnte der Versuchung nicht widerstehen, ihn auszuprobieren. Die Seite wurde zu einem Spiegel und plötzlich sah Lucy wie ihre Schwester Susan aus!

„Ich bin schön!", sagte sie, ehe sie wieder sie selbst wurde.

Sie riss die Seite heraus und das Buch brüllte! Die Seiten blätterten sich von selbst um und landeten bei dem Zauberspruch, der Unsichtbares sichtbar machte.

Lucy las den Zauberspruch vor. Zu ihrer Freude stand auf einmal Aslan neben ihr!

„Ich war die ganze Zeit hier", sagte er, „aber du hast mich eben erst sichtbar gemacht."

Lucy schämte sich, als ihr bewusst wurde, dass er gesehen hatte, wie sie den Schönheitszauber ausprobierte. Da hörte sie Schritte. Aslan verschwand und ein großer Mann mit langem Bart kam auf Lucy zu.

„Eure Majestät", sagte er und verneigte sich. Es war der Zauberer Coriakin.

Die anderen waren unterdessen aufgewacht und hatten bemerkt, dass Lucy fort war. Sie folgten den Fußabdrücken im Sand, bis sie auf Lucys Dolch stießen. Plötzlich waren sie von Speeren umringt und die Waffen wurden ihnen abgenommen. Unsichtbare Geschöpfe bedrohten sie mit Klauen, Hauern und Zähnen. Als Lucys Zauberspruch zu wirken begann, wurden die Geschöpfe sichtbar. Es gab gar keine Klauen, Hauer und Zähne, bloß rundliche kleine Geschöpfe mit riesigen Füßen, die Töffelpötte hießen!

„Dieser Ort wird immer seltsamer", sagte Eustace.

Die Haustür öffnete sich und Coriakin und Lucy traten heraus. Coriakin sagte, er habe die Töffelpötte unsichtbar gemacht, um sie vor dem Bösen hinter der Dunkelheit zu beschützen. Er rollte eine Zaubermappe auseinander und deutete auf die Dunkle Insel, wo das Böse lauerte.

Coriakin erzählte von einem narnianischen Schiff, das vor sieben Jahren mit den Lords Revilian, Argoz, Mavramorn und Rhoop vorbeigekommen war, und der Mann auf der Todeswasserinsel musste Lord Restimar sein. Also beschlossen Kaspian und die Seefahrer, wieder loszusegeln.

In dieser Nacht probierte Lucy abermals den Schönheitszauber aus und sah sich als Susan. Sie trat durch den Zauberspiegel. Edmund und Peter waren dort, aber sie wussten weder, wer Lucy war, noch etwas über Narnia. Lucy geriet in Panik. Doch dann hörte sie Aslans Stimme und war wieder sie selbst und zurück auf dem Schiff. Aslan sagte zu Lucy, sie solle nicht versuchen, jemand anderer zu sein.

Stürmisches Wetter brachte das Schiff vom Kurs ab und es erreichte die Goldwasserinsel. Kaspian, Lucy und Edmund suchten nach Fingerzeigen. Sie fanden einen Anker, dessen Seil in eine Öffnung hinunterbaumelte. In der Öffnung befand sich eine wunderschöne Grotte mit smaragdgrünem Wasser. Die drei stiegen hinab, um sie zu erkunden.

Auf dem Grund des Teiches lag die goldene Statue eines Mannes. Edmund versuchte mit einem Ast danach zu greifen. Ein goldener Strom glitt den Ast entlang auf seine Finger zu. Gerade noch rechtzeitig ließ er ihn fallen. Er hatte sich in Gold verwandelt! Dann entdeckte Edmund einen versunkenen Schild. Kaspian erkannte, dass er das Wappen von Lord Restimar trug.

„Wer auch immer Zugang zu diesem Teich hat, wäre der mächtigste Mensch der Welt", sagte Edmund. „Wir wären so reich, dass niemand uns jemals sagen könnte, was wir tun oder bei wem wir wohnen müssen."

„Du kannst nichts aus Narnia mitnehmen", warnte Kaspian.

Die beiden begannen zu streiten und Lucy musste dazwischengehen.

„Seht ihr denn nicht, was gerade geschieht? Dieser Ort hat euch in Versuchung geführt. Das ist es, wovon Coriakin geredet hat", sagte Lucy.

Unterdessen wanderte Eustace eine Klippe entlang, als der Boden unter ihm nachgab und er in die Tiefe stürzte. Er fand sich von Juwelen umgeben wieder und griff gierig danach. Plötzlich stieß er auf ein Skelett, das halb unter dem Schatz begraben war. Eustace schrie auf. Doch seine Gier war stärker und er zog dem Skelett den mit Edelsteinen geschmückten Armreif vom Handgelenk.

Edmund und Kaspian fiel auf, dass Eustace fehlte, und sie machten sich auf die Suche nach ihm. Sie fanden seine versengten und in Fetzen gerissenen Kleider!

„Ich hätte ihn nie zurücklassen dürfen!“, rief Edmund. Dann sahen sie das Skelett, und Kaspian erkannte an dessen Schild, dass es Lord Octesian war.

Auf einmal ertönte ein entsetzlicher Schrei und aus dem Tal stiegen Flammen auf. Ein riesiger Drache erschien und landete auf der Morgenröte! Unter seinem Gewicht neigte sich das Schiff gefährlich zur Seite. Die Mannschaft schoss Pfeile ab und der Drache schrie auf und flog zur Insel zurück.

Kaspian und Edmund liefen zum Schiff zurück, und der Drache flog auf sie zu, packte Edmund mit seinen Klauen und schwang sich in die Luft. Edmund blickte nach unten und sah die in den Talboden gebrannten riesigen Buchstaben: „ICH BIN EUSTACE."

„Soll das ein Witz sein?", schrie Edmund.

Eustace war in einen Drachen verwandelt worden! Eustace und Edmund kehrten zum Strand zurück.

„Der Schatz hat ihn offensichtlich in Versuchung geführt", erklärte Edmund den anderen.

Am nächsten Morgen stach das Schiff wieder in See. Es herrschte Windstille, also schlang Eustace seinen Drachenschwanz um das Schiff und half, es durchs Wasser zu ziehen. Schließlich erreichten sie Ramandus Insel. Kaspian, Lucy und

Edmund führten die Mannschaft durch einen dunklen Wald, bis sie zu einem langen Steintisch kamen, auf dem ein Festmahl aufgetragen war!

An dem Tisch saßen still wie Statuen drei Gestalten mit langen grauen Haaren und Bärten. Es waren Lord Revilian, Lord Argoz und Lord Mavramorn! In diesem Moment atmete Lord Mavramorn aus. Die Männer lebten also, lagen aber in einem Zauberschlaf. Kaspian fiel auf, dass die Schwerter der Lords zur Mitte des Tisches wiesen.

Auf einmal brach ein blendender Blitz durch die Bäume und aus dem strahlenden Licht tauchte eine Gestalt auf. Es war Liliandil, Ramandus Tochter und die schönste Frau, die Kaspian je erblickt hatte.

Liliandil forderte alle auf, sich an dem Festmahl gütlich zu tun.
„Diese armen Männer waren halb verrückt, als sie unsere Gestade erreichten, schwer gezeichnet von der Versuchung“, sagte Liliandil und deutete auf die Lords. „Sie drohten einander Gewalt an. Doch an Aslans Tafel ist Gewalt verboten, also wurden sie in Schlaf versetzt und können nur geweckt werden, wenn …“

Liliandil führte Kaspian, Lucy und Edmund auf eine Bergkuppe und deutete auf die Dunkle Insel.

„Bald wird das Böse nicht mehr aufzuhalten sein. Das Schicksal Narnias hängt von euch ab“, sagte sie, ehe sie wieder zum Himmel emporstieg.

Die Mannschaft segelte zur Dunklen Insel.

„Für den Fall, dass wir das nicht durchstehen, sollst du wissen, dass du wie ein Bruder für mich bist, Edmund“, sagte Kaspian.

„Du für mich auch. Es tut mir leid, dass wir uns gezankt haben“, erwiderte Edmund.

Da ertönte von einem Felsen her ein schreckliches Stöhnen.
„Haltet euch fern!", rief ein Mann und schwang dabei sein Schwert. Das Schiff kam näher, und als sich die verängstigte, ältliche Gestalt erschrocken duckte, sah Kaspian, dass es Lord Rhoop war. Eustace stieß herab und zog ihn vom Felsen.
„Ihr hättet nicht kommen sollen", sagte Lord Rhoop. Er sagte ihnen, sie sollten nicht an ihre schlimmsten Ängste denken, da diese sonst wahr werden würden.
Alle gaben sich die größte Mühe, aber es war zu spät. Ein beunruhigendes Geräusch von etwas, das sich im Wasser bewegte, ertönte.
„Edmund, an welchen Albtraum hast du gedacht?!", rief Lucy.

Alle drehten sich um und erblickten eine riesige Seeschlange, die aus dem Wasser auftauchte. Edmund und Kaspian versuchten sie abzuwehren. Eustace stieß ein feiges Kreischen aus und versuchte verzweifelt, vor der Seeschlange zu flüchten, schlug dabei aber ungeschickt nach ihr. Die Seeschlange tauchte mit Eustace ins Meer. Als sie wieder auftauchten, schleuderte die Seeschlange Eustace gegen einen Felsen. Lord Rhoop traf Eustace mit seinem Schwert an der Seite.

„Nein!", schrien Kaspian, Edmund und Lucy, als der verletzte Eustace die Flucht ergriff.

Edmund lenkte die Seeschlange zum Bug des Schiffes.

„Zerquetscht sie an den Felsen!", rief er. Kaspian steuerte das Schiff auf die Felsen zu und nagelte die Seeschlange fest.

Lucy fiel auf die Knie und schloss die Augen.
„Aslan, wenn du uns je lieb hattest, dann schick uns jetzt Hilfe“, sagte sie.
„Mut, mein Herz“, ertönte Aslans Stimme. Als Lucy aufblickte, schwebte ein Albatros über ihr.

Eustace brach stöhnend und verletzt im seichten Wasser zusammen. Auf einmal erschien ein helles Licht. Aslan tauchte auf und half Eustace, sich wieder in einen Jungen zu verwandeln. Es gab einen Blitz und Eustace war wieder er selbst!

Die Seeschlange ächzte vor Entsetzen. Die Mannschaft schoss Harpunen auf sie ab, fesselte sie mit Seilen und zog sie an Deck. Edmund sah ihr in die Augen und stieß ihr sein Schwert in den Leib. Die Mannschaft ließ die Seile los und die Seeschlange glitt erschlafft ins Wasser.

Plötzlich hob sich die Dunkelheit und Licht strahlte vom Himmel herab. Der Zauber war gebrochen! Eine Flottille narnianischer Schiffe segelte auf sie zu. Es waren die Sklaven, die an die Dunkelheit verfüttert worden waren! Die Mannschaft der Morgenröte jubelte und winkte.

Eustace schwamm von der Insel zum Schiff. Alle freuten sich sehr, ihn wiederzusehen. „Ich bin wieder ein Junge!“, rief er glücklich.

„Eustace! Mein Freund!“, rief Riepischiep und sprang ins Wasser.

Dann deutete Riepischiep auf etwas. Das Wasser war weiß und schimmerte. Ein Meer von Lilien erstreckte sich bis zum Horizont.

„Aslans Land“, sagte Kaspian. Edmund, Lucy, Kaspian, Eustace und Riepischiep stiegen in ein großes Beiboot und fuhren auf das Meer von Lilien zu. In der Entfernung war eine riesige Welle zu sehen.

Sie spazierten über den Sand. Als sie sich umblickten, war Aslan neben ihnen. Er sagte ihnen, dass sein Land sich jenseits der Welle befinde. Wenn sie dort hingingen, würden sie niemals zurückkehren können.

„Ist mein Vater in deinem Land?“, fragte Kaspian.

„Das kannst du nur selbst herausfinden“, antwortete Aslan.

Kaspian ging auf die Welle zu, kehrte aber um. „Ich kann mir nicht vorstellen, dass mein Vater besonders stolz auf mich wäre, wenn ich aufgebe, wofür er gestorben ist“, sagte er.

Lucy und Edmund stellten fest, dass auch sie nach Hause mussten. Sie liebten es, hier zu sein, aber sie liebten auch ihre Familie. Da trat Riepischiep vor und fragte, ob er in Aslans Land gehen dürfe, und Aslan willigte ein. Riepischiep nahm von seinen Freunden Abschied und paddelte in einem kleinen Boot auf die Welle zu.

Es stieg zum Kamm der Welle empor und verschwand in einem Lichtblitz.

Aslan versicherte den Kindern, dass er immer über sie wachen würde. „In eurer Welt habe ich einen anderen Namen“, sagte er.

„Narnia steht tief in eurer Schuld“, sagte Kaspian, als die Kinder durch einen Riss in der Welle traten.

Sie schlugen im Wasser um sich und auf einmal saßen sie in einer Pfütze auf dem Boden ihres Zimmers in Cambridge!

Kaspian und seine Mannschaft kehrten sicher von Ramandus Insel zurück und die drei Lords erwachten.

Lucy, Edmund und Eustace sprachen in den folgenden Tagen oft von Narnia. Nach dem Krieg kehrten Lucy und Edmund nach Hause zurück. Eustace vermisste sie schrecklich, und er wusste, dass es allen Narnianen ebenso ergehen würde – bis ans Ende aller Zeit.